垂死的侦探的冒险

太太。夏洛克·福尔摩斯的房东哈德森是一位长期受苦的女人。她的一楼公寓不仅整整一个小时都被一群奇异且常常令人讨厌的人物所入侵，而且她杰出的房客显示出他生活中的一种怪癖和不规律性，这一定使她非常耐心。他令人难以置信的烦躁不安，他在陌生的时间沉迷于音乐，偶尔在门口练习左轮手枪，他怪异的，常常是恶臭的科学实验，以及周围充满暴力和危险的气氛，使他成为伦敦最差的租户。另一方面，他的付款是王子。我毫不怀疑，在我和他在一起的那几年里，这所房子的购买价可能是霍尔姆斯为他的房间所付的价格。

女房东站在他的最深的敬畏中，从不敢干涉他，尽管他的程序看起来很残酷。她也喜欢他，因为他在与女人打交道时有着非凡的温柔和礼貌。他不喜欢也不信任这种性行为，但他始终是一个勇敢的对手。知道她对他的关心是多么真诚，我在她结婚第二年来到我的房间时，认真地听了她的故事，并告诉我我可怜的朋友遭受的痛苦折磨。

她说："他快死了，沃森博士。""他沉迷了三天，我怀疑他是否会坚持这一天。他不会让我去看医生。今天早晨，当我看到他的骨头从他的脸上伸出来，他那双明亮的眼睛看着我时，我可以我说："不管你休假还是不休，福尔摩斯先生，我这一个小时就要去看医生了，那就让沃森去吧，"他说，我不会浪费时间。先生，一个小时来找他，否则你可能看不到他活着。"

我没有听到他的病，所以感到非常恐惧。我不必说我赶紧去买外套和帽子。当我们开车返回时，我要求提供详细信息。

"先生，我无话可说。先生，他一直在河边一条小巷里的罗瑟希特（）的一个病房里工作，他把这种病带回来。他在星期三下午上床睡觉，从来没有从那以后，他动了动。这三天，他的嘴唇都没有食物和饮料。"

"天哪！你为什么不找医生？"

"他不会的，先生。你知道他有多精明。我不敢违抗他。但是他对这个世界并不渴望，因为当你注视着他的那一刻你会自己看到的。"

他确实是一个令人遗憾的奇观。在十一月有雾的日子昏暗的光线下，病房是一个令人沮丧的地方，但是那张不休，呆滞的面孔从床上凝视着我，这使我心寒。他的眼睛发烧发亮，两颊上都忙着潮红，嘴唇上粘着深色的皮；床单上的细手不停地抽动着，他的声音嘶哑而痉挛。当我进入房间时，他无精打采地躺着，但我的目光使他的目光闪闪发光。

"好吧，沃森，我们似乎已经陷入了邪恶的日子，"他用微弱的声音说，但有些老是粗心。

"我亲爱的家伙！" 我哭了，靠近他。

"站起来！站起来！" 他说，他带着我只在危机时刻才有的尖酸刻薄。"如果你接近我，沃森，我将命令你离开屋子。"

"但为什么？"

"因为这是我的愿望。这还不够吗？"

是的，太太 哈德森是对的。他比以往任何时候都更加精通。然而，看到他的精疲力尽是可怜的。

我解释说："我只希望提供帮助。"

"是的！按照您的指示，您将提供最大的帮助。"

"当然是福尔摩斯。"

他放松了自己的节俭。

"你不生气吗?" 他问,喘着粗气。

可怜的魔鬼,当我看到他躺在如此困境中时,我怎么会生气?

"这是为了你自己,沃森。"他嘶哑地说。

"为了我的缘故?"

"我知道我是怎么回事。这是苏门答腊的苦力病-荷兰人比我们了解得更多,尽管他们至今为止对此知之甚少。只有一件事是肯定的。这是绝对可靠的致命,而且具有极强的传染性。"

他现在发狂地说话,当他示意我离开时,长长的手颤抖着。

沃森()就是通过触摸来传染。就是这样,通过触摸来保持距离。一切都很好。

"天哪,福尔摩斯!你认为这样的考虑瞬间对我很重要吗?在一个陌生人的情况下,这不会影响我。你认为这会阻止我履行对这么大朋友的职责吗？"

我再次前进，但他以愤怒的表情击退了我。

"如果你站在那儿，我会说话。如果你不这样做，那你必须离开房间。"

我非常尊重福尔摩斯的非凡品质，以至于即使我最不了解他的意愿，我也总是尊重他的意愿。但是现在我所有的专业本能都被激发了。让他成为其他地方的主人，我至少是他在病房里。

"福尔摩斯，"我说，"你不是你自己。一个生病的人只是个孩子，所以我会治疗你。不管你是否喜欢，我都会检查你的症状并为你治疗。"

他用毒蛇的眼睛看着我。

他说："无论是否愿意去找医生，至少让我有一个我有信心的人。"

"那你在我里面什么都没有？"

"在你的友谊中,当然。事实是事实,屈臣氏,毕竟,你只是一个经验有限,资格中等的全科医生。不得不说这些话很痛苦,但是你别无选择。"

我受了重伤。

"福尔摩斯这样的话对你不值得。这很清楚地向我表明了你的神经状态。但是,如果你对我不信任,我就不会干涉我的服务。伦敦最好的人之一,但必须要有人,这是最终的决定。如果您认为我要站在这里,看到您在没有自己的帮助或没有其他人帮助的情况下死去,那么您就错了男子。"

"你是说好话,沃森。"这位病夫说着哭泣和吟。"我能表现出你自己的无知吗?祷告,你知道关于塔帕努利热吗?你对黑福摩萨的腐败有什么了解?"

"我从未听说过。"

沃森说,东部地区存在许多疾病问题,许多奇怪的病理可能性。他在每句话之后停顿一下以收集自己的失败力量。"在最近的一些涉及医学犯罪方面的研究中,我学到了很多东西。正是在他们的过程中，我染上了这种抱怨。你无能为力。"

"可能没有。但是我碰巧知道，热带疾病方面最强大的生命权威艾因斯特里博士现在在伦敦。福尔摩斯的所有示威都是无用的，福尔摩斯，我马上就去找他。" 我坚定地转向门。

从来没有我有过这样的震惊！转瞬之间，那个垂死的人用老虎弹簧将我拦截了。我听到一把扭曲的钥匙尖锐的声音。下一刻，他摇摇晃晃地回到床上，疲惫不堪，喘不过气来。

"你不会强迫我从我这里拿走钥匙的，沃森，我已经得到你了，我的朋友。你在这里，你会留在这里，直到我否则。但是我会逗你的。"（所有这些都喘不过气来，之间呼吸困难。）"你只有我自己的内心。我当然很清楚。你会有所作为的，但是请给我时间来获得我的力量。现在，沃森，不是现在。现在是四点钟。六点钟就可以去了。"

"这是精神错乱，福尔摩斯。"

"只有两个小时，沃森。我保证你会六点钟去。你满足于等待吗？"

"我似乎别无选择。"

"世界上没有人,沃森。谢谢,我不需要帮忙安排衣服。请保持距离。现在,沃森,我会提出另外一种条件。您将寻求帮助,而不是从男人那里寻求帮助。您提到的,但从我选择的那一个开始。"

"一定。"

"沃森(),这是您进入这个房间以来发出的头三个明智的单词。在那边您会发现一些书。我有点精疲力尽;我不知道当电池将电能注入非导体时感觉如何?六点,沃森,我们恢复谈话。"

但是注定要在那个小时之前恢复,在这种情况下,给我的冲击几乎不及他弹起门来引起的冲击。我站了几分钟,看着床上沉默的身影。他的脸几乎被衣服覆盖了,他似乎睡着了。然后,由于无法安顿下来读书,我在房间里慢慢走来走去,检查着每堵墙都装饰着的著名罪犯的照片。最后,我漫无目的的走动,来到了壁炉架。一堆乱丢的烟斗,烟袋,注射器,小刀,左轮手枪弹药筒和其他碎屑散落在上面。在它们中间的是一个带有滑动盖的黑白小象牙盒子。这是一件整洁的小东西，当……时，我伸出手仔细检查了一下。

他大叫一声，在街上听到了大喊大叫。我的皮肤发冷，那可怕的尖叫使头发发麻。当我转身时，我瞥见一脸抽搐的脸和疯狂的眼睛。我瘫痪了，手里拿着小盒子。

"放下！放下，沃森，这瞬间，我说！" 当我把盒子放回壁炉架上时，他的头沉回到枕头上，他深深松了一口气。"我不喜欢我的东西，沃森。你知道我讨厌它。你让我无法忍受。你，医生-你足以把病人送进庇护所。坐下，男人，让我我休息！"

这件事给我留下了最不愉快的印象。暴力和无聊的兴奋，再加上这种残酷的言语，使他摆脱了平常的轻描淡写，向我展示了他头脑混乱的深度。在所有废墟中，最崇高的思想是最可悲的。我静静地沮丧，直到规定的时间过去了。他似乎和我一样都在看时钟，因为在他开始讲和以前一样的狂热动画之前，几乎没有六点钟。

"现在，沃森，"他说。"你口袋里有零钱吗？"

"是。"

"有银子吗?"

"一个很好的协议。"

"几半冠?"

"我有五个。"

"啊,太少了!太少了!太不幸了,沃森!但是,像这样的东西,你可以把它们放进钱包里。所有剩余的钱都放在左裤兜里。谢谢。这将使你保持平衡这样好多了。"

这真是疯狂。他发抖,再次在咳嗽和抽泣之间发出声音。

沃森说:"现在,您要放开汽油,但要小心,不要一瞬间超过一半。沃森,我恳请您小心。谢谢,那太好了。不,您不需要遮蔽一下,现在您可以在我可以拿到的桌子上放些信件和文件了,谢谢,现在壁炉架上有一些垃圾,太好了,沃森,那儿有一个糖钳。好的小象牙盒子,把它放在文件中,很好!现在您可以去伯克街13号的库弗顿史密斯先生那里买东西。"

实话实说，我去找医生的愿望有所减弱，因为可怜的福尔摩斯太疯狂了，以至于离开他似乎很危险。但是，他现在急于咨询这位顽固拒绝的人。

我说："我从没听过这个名字。"

"可能不是，我的好屈臣氏。您可能会惊讶地知道，最精通这种疾病的人不是医务人员，而是种植园主。卡尔弗顿·史密斯先生是苏门答腊的著名居民，现在来伦敦旅行时，由于病情突然发作而远离医疗救助，使他自己研究病情，产生了相当深远的后果，他是一个很有条理的人，我不希望你从此开始第六，因为我很清楚你不会在他的书房中找到他，如果你能说服他来这里并给我们他对这种疾病的独特经历的好处，对他的最爱好就是进行调查，我不能怀疑他能帮助我。"

我把福尔摩斯的话作为一个连续的整体来讲，不会试图指出它们是如何被喘着粗气的呼吸打断的，以及那些双手被他的抓紧打断的，这表明他正在遭受痛苦。在我和他在一起的几个小时里，他的外表变得更糟了。那些忙碌的斑点更加明显，眼睛从黑暗的凹陷处更加明亮地发光，冷汗在他的额头上闪烁着。但是，他仍然保留了演讲的轻松愉快。直到最后一口气,他永远都是主人。

他说:"你会确切地告诉他你怎么离开了我。""您将传达自己心中的印象-一个垂死的人-一个垂死的和精神错乱的人。的确,我不知道为什么整个海洋都不是一个坚实的牡蛎群,所以这些生物多产似乎。啊,我在流浪!奇怪的是大脑如何控制大脑!我在说什么,沃森?

"我对卡尔弗顿·史密斯先生的指示。"

"啊,是的,我记得。我的生活取决于它。屈臣氏,请他恳求。我们之间没有好感。他的侄子屈臣氏-我怀疑犯规,我让他看了看。男孩死了,他死了。他对我怀恨在心。沃森,你会软化他,求他,祈祷他,以任何方式把他送到这里。他可以救我-只有他!

"如果我必须把他拖到出租车上,我会把他带上出租车。"

"您不会做任何事情。您会说服他来。然后您将回到他的面前。找借口以免和他一起来。别忘了,屈臣氏。您不会让我失望你从来没有让我失望过,毫无疑问,天敌限制了生物的增长,你和我,沃森,我们已经尽了自己的本分,那么这个世界会被牡蛎淹没吗？您将传达您所有的想法。"

我让他充满了这个愚蠢的孩子般愚蠢的智慧说话的印象。他把钥匙交给了我，带着高兴的心情，我把它带走了，免得他把自己锁起来。哈德逊在通道中等着，颤抖和哭泣。当我从公寓经过时，在我身后，我听到霍姆斯高高而细腻的声音，有些吟。在下面，当我站着口哨叫出租车时，一个人从雾中驶来。

"福尔摩斯先生，你好吗？" 他问。

那是一个很老的熟人，苏格兰院长莫顿，穿着非正式的粗花呢。

"他病得很重。"我回答。

他以最奇特的方式看着我。如果不是太凶恶，我本可以想象到那扇微光在他的脸上露出了狂喜。

他说："我听到了一些谣言。"

出租车开了，我离开了他。

较低的伯克街被证明是一排精美的房子，位于诺丁山和肯辛顿之间的模糊边界。我的出租车司机停下来的那辆特别的车，在其老式的铁栏杆，巨大的折叠门和闪亮的黄铜制品中洋溢着自鸣得意和谦逊的风度。一切都与一位庄严的男管家保持一致，男管家的身后是他身后带点电灯的粉红色光芒。

"是的，卡尔弗顿·史密斯先生在里面。沃森博士！很好，先生，我会拿起你的卡。"

我谦虚的名字和头衔似乎没有给先生留下深刻的印象。卡弗顿史密斯。通过半开着的门，我听到了刺耳的高声。

"这个人是谁？他想要什么？亲爱的主食，我多久说我在学习时间里不被打扰？"

管家传来一阵令人舒缓的解释。

"好吧，我看不到他，钉书钉。我不能像这样打断我的工作。我不在家。这么说。告诉他如果真的要见我早上来。"

再次发出柔和的杂音。

"好吧，好吧，给他传达这个信息。他可以早上来，也可以远离。我的工作一定不能受到阻碍。"

我想到福尔摩斯在他的病床上折腾，数了数分钟，也许直到我可以帮他忙。现在不是举行典礼的时候。他的生活取决于我的敏捷性。在道歉的男管家传达他的信息之前，我已经推开了他，进入了房间。

一个男人愤怒地尖叫着，从火炉旁的躺椅上站起来。我看到一张大大的黄脸，粗糙而又油腻，双下巴沉重，两只闷闷不乐的灰色眼睛从簇状和沙状的眉毛下面瞪着我。一个高光头的粉红色曲线的一侧有一个小天鹅绒的吸烟帽，风度翩翩。头骨巨大，但当我低头看时，我惊讶地发现那个男人的身材矮小而脆弱，像在童年时期患上病的人一样，在肩膀和背部上扭来扭去。

"这是什么？" 他高声尖叫着哭了起来。"这种入侵的含义是什么？我不是给你发短信说明天我会见你吗？"

"我很抱歉，"我说，"但是这件事不能拖延。福尔摩斯先生-"

提起我朋友的名字对这个矮个子男人产生了非凡的影响。愤怒的表情从他的脸上转瞬即逝。他的特征变得紧张而机敏。

"你来自福尔摩斯吗？"他问。

"我刚离开他。"

"福尔摩斯怎么办？他怎么样？"

"他病得很厉害。这就是我来的原因。"

那人示意我坐在椅子上，转过身来恢复自己的位置。当他这样做时，我在壁炉架上的镜子里瞥见了他的脸。我本可以发誓那是一个恶意而可恶的笑容。但是我还是说服自己一定是紧张的收缩让我感到惊讶，因为他稍后转而对我表现出真正的关注。

他说："我很遗憾听到这个消息。""我只通过我们的一些业务往来认识福尔摩斯先生，但是我完全尊重他的才华和他的性格。他是犯罪的业余爱好者，就像我是疾病一样。对他来说，反派，对我来说，就是微生物……有我的监狱。"他继续说，指着一排放在边桌上的瓶子和罐子。"在那些明胶种植中，世界上一些最严重的罪犯正在浪费时间。"

"由于您的特殊知识,霍姆斯先生希望见您。他对您有很高的评价,并认为您是伦敦唯一可以帮助他的人。"

小个子开始了,那黄褐色的吸烟帽滑到了地板上。

"为什么?" 他问。"为什么霍姆斯先生应该认为我可以帮助他解决他的麻烦?"

"因为您对东方疾病有所了解。"

"但是他为什么要认为他患上的这种疾病是东方的?"

"因为经过一些专业的调查,他一直在码头的中国水手中工作。"

先生。卡尔弗顿·史密斯愉快地笑了笑,拿起烟帽。

"哦,就是这样吗?" 他说。"我相信这件事没有你想象的那么严重。他病了多久了?"

"大约三天。"

"他疯了吗？"

"偶尔。"

"，！这听起来很严重。不接他的电话是不人道的。沃森博士，我非常不喜欢我的工作受到任何干扰，但是这种情况肯定是例外。我会立即和你一起去。"

我记得福尔摩斯的禁令。

我说："我还有另一个约会。"

"很好。我会一个人去。我记下了福尔摩斯先生的住址。你最多只能依靠我在半个小时内到那里。"

我带着一颗沉没的心重新进入了福尔摩斯的卧室。就我所知，最糟糕的事情可能是在我不在的情况下发生的。使我感到非常欣慰的是，他的时间间隔有了很大的提高。他的外表一如既往的可怕，但是所有的妄痕迹都离开了他，他说话的声音微弱，这是真的，但比他通常的清脆和清醒还要多。

"好吧，沃森，你看见他了吗？"

"是的，他来了。"

"令人敬佩，沃森！令人敬佩！您是最好的使者。"

"他希望和我一起回来。"

"那永远不会，沃森。那显然是不可能的。他问我有什么病吗？"

"我告诉他东端的中国人。"

"是的！好吧，沃森，你做了一个好朋友可以做的一切。现在你可以从现场消失了。"

"我必须等待，听听福尔摩斯的意见。"

"当然，你必须。但是我有理由认为，如果他认为我们一个人，这种看法将更加坦率和有价值。沃森，我的床头后面只有空间。"

"我亲爱的福尔摩斯！"

"沃森，我担心别无选择。房间也不会藏起来，这也是可以的，因为它不太可能引起怀疑。但是沃森，就在那儿，我想这是可以做到的。" 突然他僵硬地坐在他的脸上。"沃森，有轮子。快点，伙计，如果你爱我！别让步，无论发生什么事-无论发生什么，你听到了吗？不说话！不要动！只要听着你的耳朵。"然后，他突然突然失去了力量，他精妙而有目的的谈话变成了一个半神半哑的男人低沉而含糊的抱怨。

从我被迅速赶到的躲藏处，我听到了楼梯的脚步声，卧室门的打开和关闭。然后，令我惊讶的是，一片寂静，只有病人的沉重呼吸和喘息声打破了。我可以想象我们的访客站在床边，低头看着病人。最后那个奇怪的静寂被打破了。

"福尔摩斯！"他哭了。"福尔摩斯！"以唤醒睡眠者的坚定语调。"福尔摩斯，你听不到我说话吗？"沙沙作响，好像是他把病夫大致甩在了肩膀上。

"是你吗，史密斯先生？"福尔摩斯小声说。"我几乎不敢希望你会来。"

对方笑了。

他说："我不应该想象。""然而，你知道，我在这里。火炭，福尔摩斯-火炭！"

"这对您非常重要-贵族。我感谢您的特殊知识。"

我们的访客冷笑着。

"你愿意。幸运的是,你是伦敦唯一的人。你知道你怎么了吗?"

霍姆斯说:"一样。"

"啊!您知道症状了吗?"

"太好了。"

"好吧,福尔摩斯,我应该不会感到惊讶。如果是一样的话,我也不会感到惊讶。如果是的话,那就对你不好了。可怜的胜利者在第四天就死了-一个坚强,畅淋漓的年轻人就像你说的那样,他的确应该在伦敦心脏地区染上亚洲偏僻的亚洲疾病,这真是令人惊讶,我也做了非常特殊的研究。福尔摩斯是一个奇妙的巧合。你们很聪明地注意到了这一点,但暗示它是因果关系却很不明智。"

"我知道你做到了。"

"哦，您做到了，是吗？好吧，无论如何您都无法证明这一点。但是您如何看待自己散布有关我的报告，然后在遇到麻烦时向我寻求帮助？那是什么？是游戏的意思吗？

我听到了那个病夫的粗暴，费力的呼吸。"给我水！" 他喘着粗气。

"我的朋友，你在你的尽头是宝贵的，但是我不希望你一直走下去，直到我和你说过一句话。这就是为什么我给你水。在那里，不要乱扔！这是正确的。可以。你明白我在说什么吗？"

福尔摩斯吟。

"悄悄地为我做。让过去变成过去，"他轻声说道。"我会把这些话从脑海中浮现出来-我发誓会。只治好我，我会忘记的。"

"忘记什么？"

"好吧，关于胜利者野蛮人的死。你和你刚刚做的一样好。我会忘记的。"

"您可以随心所欲地忘记或记住它。我在见证箱中看不到您。我向您保证，还有另一个形状的盒子，我的好福尔摩斯。对我而言，您应该知道我侄子是如何死的无关紧要。我们谈论的不是他，而是你。"

"是的是的。"

"为我而来的那个家伙-我已经忘记了他的名字-说您在水手中把它承包在东端。"

"我只能这样解释。"

"您为自己的大脑感到自豪，福尔摩斯，不是吗？认为自己很聪明，不是吗？您遇到了一次更聪明的人。现在，福尔摩斯回头吧。您能想到别的办法吗？有这个东西吗？"

"我想不到。我的思绪消失了。为了天堂，请帮助我！"

"是的，我会帮助您。我会帮助您了解您的身分以及到达那里的方式。我想让您知道您死之前。"

"给我些减轻痛苦的东西。"

"很痛苦，是吗？是的，过去经常要发出尖叫的苦力。我真想让你抽筋。"

"是的，是的；那是抽筋。"

"好吧，无论如何，你可以听到我说的话。现在就听！你能记得症状开始时生活中任何不寻常的事件吗？"

"不，不，什么都没有。"

"再想一想。"

"我太病了，无法思考。"

"好吧，那我来帮你。邮寄有什么事吗？"

"邮寄？"

"一个偶然的盒子？"

"我晕倒了-我走了！"

"听着，福尔摩斯！" 仿佛他在摇晃垂死的男人，这就是我能做的一切，让自己在躲藏处保持安静。"你必须听见我的声音。你会听见我的声音。你还记得一个盒子-一个象牙盒子吗？它是在星期三出现的。你打开它了-你还记得吗？"

"是的,是的,我打开了它。里面有一个尖锐的弹簧。开个玩笑-"

"这不是开玩笑,因为你会付出代价。愚蠢的人,你会拥有它,而你已经得到了。谁要你越过我的路?如果你让我一个人呆着,我不会伤害你。"

"我记得,"福尔摩斯喘着气说道。"春天!它抽了血。这个盒子-桌子上的。"

"乔治,那家伙!不妨把房间留在我的口袋里。有最后一丝证据。但是,福尔摩斯,你现在有了真相,你可以知道我杀了你。你可以死了。我对胜利者野蛮人的命运了解得太多了,所以我已经送给你分享。福尔摩斯,你离末日将近。我会坐在这里,看着你死去。"

福尔摩斯的声音几乎听不到耳语。

"那是什么?" 史密斯说。"打开煤气门?啊,阴影开始掉下来,对吗?是的,我会把它打开,让我看得更好。" 他穿过房间,光线突然变亮。"我的朋友,我还有其他服务吗?"

"一根火柴和一支香烟。"

我几乎高兴和惊奇地大声喊叫。他用自然的声音说话-也许有些微弱,但是我所知道的声音。停了很长时间,我感到卡尔弗顿·史密斯站在沉默中,低头看着他的同伴。

"这个东西的意思是什么?" 我听到他终于以干脆,刺耳的口吻说道。

霍姆斯说:"成功发挥作用的最好方法就是做到这一点。" "我给你的话是,我三天都没有尝过食物或饮料的味道,直到你足以将我倒出那杯水为止。但这是我最讨厌的烟草。啊,这是一些香烟。" 我听到比赛的声音。"那好多了。你好!你好!我听见朋友的脚步了吗?"

外面有人来,门开了,莫顿检查员出现了。

霍姆斯说:"一切都井井有条,这就是你的人。"

该军官给出了通常的警告。

他总结说:"我以谋杀一名胜利者的野蛮罪名逮捕了您。"

我的朋友笑着说："你可能还会再加上谋杀一个福尔摩斯的企图。""为节省无效的麻烦，检查员库弗顿·史密斯先生足够好，可以通过调高煤气来发出信号。顺便说一句，囚犯在外套的右手口袋里有一个小盒子，就像可以删除。谢谢。如果我是我，我会小心翼翼地处理它。把它放在这里。它可能会在审判中发挥作用。"

突然之间出现了匆忙和打架，接着是铁的碰撞和痛苦的叫声。

检查员说："你只会受伤。""站着，好吗？" 闭合的手铐发出咔嗒声。

"一个不错的陷阱！" 嘶哑的声音哭了起来。"它将带您进入码头，福尔摩斯，而不是我。他要我来这里治病。我为他感到抱歉，我来了。现在，他无疑会假装我说了他可能发明的任何东西福尔摩斯，你可以随意撒谎，福尔摩斯，我的话永远和你一样好。"

"我的妈呀！" 福尔摩斯哭了。"我完全忘记了他。亲爱的沃森，我欠您一千个道歉。我认为我应该忽略了您！我不需要向您介绍 先生，因为我知道您在傍晚时分见过面。你下面的出租车吗？我穿好衣服后会跟着你，因为我可能在车站有用。

霍姆斯说："我再也不需要它了。"他在上厕所的时候用一杯紫红葡萄酒和一些饼干使自己恢复了活力。"但是，正如您所知，我的习惯是不规则的，对我而言，这项壮举对大多数人而言意义不大。我必须向哈德森太太传达我的现实状况，这是非常必要的，因为她要将这一事实传达给沃森（），您会不会生气，您会意识到，在您的众多才华中，贬没有找到位置，如果您分享了我的秘密，您将永远无法给史密斯打动史密斯迫切需要他的到来，这是整个计划的关键。知道他的斗气天性，我完全可以确定他会考虑他的作品。"

"但是你的容貌，福尔摩斯-你那张可怕的脸？"

"三天绝对斋戒并不能改善自己的美丽，沃森。对于其余的东西，海绵是无法治愈的。前额有凡士林，眼睛含颠茄、，骨上的胭脂和蜂蜡皮。在我的唇上，我有时想到写一本专着，而关于半冠，牡蛎或任何其他无关紧要的话题的偶尔谈论会产生令人愉悦的妄。"

"但是为什么你不让我靠近你，因为实际上没有感染？"

"亲爱的沃森，你能问我吗？你能想象我不尊重你的医学才能吗？我能想象你的敏锐判断会通过一个垂死的男人，尽管他很虚弱，但脉搏或体温都没有升高？"四码，我可以欺骗你，如果我不这样做，谁会把我的铁匠带到我的掌握中呢？不，沃森，我不会碰那个盒子，你可以看看是否从侧面看它，那尖锐的春天就像毒蛇一样当您打开牙齿时，牙齿就露出来了。我敢说，正是通过这种装置，残忍的野蛮人（站在这个怪物和一个变种之间）被杀死了，但是，正如您所知，我的来信是各种各样的，并且我对所有到达我的包裹都保持警惕，但是对我来说很明显，假装他确实在设计上取得了成功，我可能会悔自己的表白。艺术家，谢谢你，沃森，当我们在警察局结束后，你必须帮我穿上外套 我认为，在-上，辛普森（）所做的有营养的事情不应该过时。"

www.ingramcontent.com/pod-product-compliance
Lightning Source LLC
LaVergne TN
LVHW021747060526
838200LV00052B/3530